# ESTELA
## PRINCESA DE LA NOCHE

MARIE-LOUISE GAY

EDICIONES EKARÉ

**EDICIONES**

# ekaré

Traducción: Verónica Uribe

Primera edición, 2004

© 2004 Marie-Louise Gay
© 2004 Ediciones Ekaré

Edif. Banco del Libro, Av. Luis Roche,
Altamira Sur, Caracas 1062, Venezuela
www.ekare.com

ISBN 980-257-304-3
**HECHO EL DEPOSITO DE LEY**
Deposito Legal lf 1512004800263
Impreso en China por Everbest Printing Co. Ltd.

*Para Alain, el erizo de mar*

–¡Estela! -gritó Samuel-. ¡Estela! ¡Mira!
¡El cielo se está incendiando!

–No, Samuel -dijo Estela-. Es el sol que se va a dormir.

–¿Por qué está tan rojo? -preguntó Samuel.

–¿No ves? Tiene puesto su pijama rojo.

–¿El sol usa pijama? -preguntó Samuel-. ¿Como yo?
–Claro -dijo Estela-. Y más tarde, la luna lo abriga
con una colcha estrellada.

–¿Dónde duerme el sol? -preguntó Samuel-. ¿En una cama?
–No, en una gran nube blanda como un plumón -contestó
Estela-. Y cada mañana, de un brinco el sol se sube al cielo…

… ¡Así!

–Excepto cuando llueve -dijo Samuel.

–Sí -dijo Estela-, cuando llueve el sol se queda acostado, flojeando.

–¡Ya sé! Acampemos afuera esta noche -propuso Estela.
–¿Afuera? -dijo Samuel-. ¿No estará muy oscuro y frío?
–Llevaremos unas mantas y una linterna.

–¿No nos picarán los mosquitos? -susurró Samuel-.
¿No vendrán las polillas gigantes?
–¡Vamos, Samuel! -llamó Estela.

–¿Oyes? -susurró Samuel-. ¡Un lobo!
–Los lobos no croan, Samuel. Es una rana.
–¿Una rana es tan grande como un lobo? -preguntó Samuel.

–Mira, es tan pequeña que la puedes guardar en tu bolsillo.
–No me cabe -dijo Samuel-. Mi bolsillo está lleno de galletas.
–A las ranas les encantan las galletas -dijo Estela.

–Aquí está perfecto. Veremos la luna cuando salga del lago.
–¿La luna vive en el lago? -preguntó Samuel-. ¿Sabe nadar?
–No -respondió Estela-, vive en el cielo con las estrellas.

–Entonces, la luna puede volar. ¿Tiene alas?
–No, la luna flota en el cielo -dijo Estela-, como un globo.
–¿Y la cuerda del globo? ¿Quién la sostiene?

¡UUUHH! ¡UUUHH! ¡UUUHH!
–¡Un fantasma! -gritó Samuel.

–Es un búho -dijo Estela-. Quiere saber quiénes somos.
–Yo soy Samuel -dijo Samuel-. Y ella es Estela.

–¡Mira qué rápido vuelan esos murciélagos! -exclamó Estela.
–¿No se nos enredarán en el pelo? -preguntó Samuel.
–No, los murciélagos son muy miedosos. No se acercarán.

–Yo no le tengo miedo a los murciélagos -dijo Samuel-. Ni un poquito.
–¿Quieres cazar uno con tu red? -preguntó Estela.
–Nooo -dijo Samuel-. Voy a cazar una estrella fugaz.

–Tendrías que ser rápido como el rayo -dijo Estela.
–Es fácil -respondió Samuel-. La hierba está llena de estrellas.

–Esas son luciérnagas -dijo Estela-.
Le alumbran el camino a los otros bichitos.

–¿Queman? -preguntó Samuel.
–No, ¡hacen cosquillas! ¿Quieres sostener una?

–Creo que prefiero verlas volar -dijo Samuel.

–¿Quién apagó la luna? -gritó Samuel-. No veo nada.
–Una nube ha tapado la luna -explicó Estela-. Mira, Samuel,
una familia de mapaches.

–¿Por qué llevan máscaras? -preguntó Samuel-. ¿Son ladrones?
–No -respondió Estela-, es que van a una fiesta de disfraces.

–¡Debe haber un millón de estrellas! -exclamó Estela-.
Allí está la Osa Mayor… y allí la Vía Láctea. Es hermosa…
como el vestido de una princesa.

–Como si la luna hubiera derramado un vaso de leche
-dijo Samuel-. Un vaso muy grande.

–Y esa es la Estrella Polar que señala el Polo Norte -dijo Estela.

–Y si un oso polar se pierde ¿puede encontrar el camino a casa?

–Claro, siguiendo la Estrella Polar.

—¿Y si yo me pierdo? -preguntó Samuel.
—Me puedes seguir a mí -dijo Estela-. Hasta el fin del mundo.
—¿No es muy lejos el fin del mundo?

–La echo de menos -suspiró Samuel.
–Yo también. Vamos a verla mañana -propuso Estela.
–Sí -susurró Samuel…